人间烟火 你是

间烟火 我的

We're in the World of Mortals

段段◎著

北京燕山出版社
BEIJING YANSHAN PRESS

图书在版编目（CIP）数据

你是我的人间烟火 / 段段著. —北京：北京燕山
出版社，2022.11
ISBN 978-7-5402-6699-8

Ⅰ.①你… Ⅱ.①段… Ⅲ.①散文集—中国—当代
Ⅳ.①I267

中国版本图书馆CIP数据核字(2022)第190837号

你是我的人间烟火

著　　者：段　段
责任编辑：郭　悦　李瑞芳
封面设计：刘红刚
出版发行：北京燕山出版社有限公司
社　　址：北京市丰台区东铁匠营苇子坑138号嘉城商务中心C座
邮　　编：100079
电话传真：86-10-65240430
印　　刷：三河市中晟雅豪印务有限公司
开　　本：880mm×1230mm　　1/32
字　　数：50千字
印　　张：8
版　　次：2022 年 11 月第 1 版
印　　次：2022 年 11 月第 1 次印刷
ISBN：978-7-5402-6699-8
定　　价：45.00元

生活不只眼前的苟且，还有远方的困境。时间带走的不光有短暂的痛苦，还有长久的快乐。**谁的人生不是坎坷又辛苦呢**？看了那么多童话故事，背了那么多警句格言，还是会被崩溃和难过困住好久。

大人也可以喊累啊，谁说长大了的孩子就不能流眼泪呢？谁规定成年人的世界只有冲锋陷阵呢？这个世界已经够苛刻了，让自己难过一小会儿也不会怎样，没有人向你敞开怀抱，你也可以自己偏爱自己呀。

没有很难过，也没有很快乐，好像每天过得还行，但又总觉得日子里缺了点什么。生活似乎给予了很多，可它拿走的应该更多，这大概就是这个世界的常态吧，人们永远追不上，永远在奔跑。

我从来没想过要爱你这么久，我也想过要去爱别人，可是人生有很多事情不是我们自己能决定得了的，毕竟我不是自己人生的导演，我没办法在痛苦的时候喊"咔"，所以我只能承载痛苦，消化痛苦，继续去爱你，等待命运给我一次重新来过的机会。

想念是编辑了无数条信息，最后只发出一个蠢萌的表情包，想让你看得懂，又不想让你看明白。也不是故作暧昧，只是我还没有**存够星光**，无法给你想要的**满天繁星**。

我是个灵魂诚实、身体窝囊的人，怀揣着不可战胜的理想，向往着素未谋面的未来，贪恋着渺小安宁的眼下。我喜欢这样卑微而骄傲的自己，会往前冲，也会想逃跑，挽起袖子把普通的**人生过得滚烫**，在这泥泞的人间，做自己的指南针。

别和我说永远，宇宙会爆炸，四季会更迭，鲜花会凋零，每一天和每一天都不一样，你凭什么说你对我的爱是永远如一的呢？这个世界上根本没有永远，所有的关系走到最后，都有一个人会先离开。

你是我的失而复得，而我是你的得不偿失。我以为你是我站在原点熬过岁月等回的那个人，其实你只是兜兜转转不经意走了回头路而已。没关系，你的逢场作戏足够支撑我的至死不渝。

有人奔赴大海，有人热爱高山，不论是踏浪而行，还是攀高远望，都是对生活的一种选择，无关对错，不说利弊。**命须臾，世事难料**，毫无保留地成为真正的自己才是对生活最大的尊重。

你见过哪一场电影是没有落幕的？你做过哪一个美梦是没有醒来的？你看哪一场青春是没有散场的？所以对待生命尽可能地大方一点吧，因为我们最终都要与它来场告别。

从打包卖掉的废纸堆里，掉出一张草稿纸，捡起来一看，泛黄的纸页上面写满了你的名字。可无论我怎么回忆，也无法让你模糊的面容在那个日光流淌的盛夏清晰起来。嗬，我无法挽留操场上的风，无法挽留教室外厚厚的云，更无法挽留那场对你轰轰烈烈的心动。

做不了你的太阳，我可以做你床头的一盏夜灯，虽然给不了你**光芒万丈**，但始终能许你一片**温柔浪漫**。

因为爱过你，也因为从未被你爱过，所以我知道爱与不爱是什么样子。不爱一个人的时候，24 小时都抽不出时间联系；爱一个人的时候，上一秒刚分开下一秒就已经开始想念。谢谢你教会我，爱不能太满，要学会放过别人，顺便也放过自己。

"差一点"是个很"致郁"的词语，将一切渴望和欢喜都变成大梦一场。"后来"是个很治愈的词语，可以抹平之前所有的伤痕累累和一言难尽。人这一生，总是差一点爱上，后来算了；差一点拥有，后来放手；差一点留下，后来离开；差一点没熬过去，后来坦然接受。

有人说最痛心的爱情就是我在早春的清晨等日出，你在盛夏的深夜看星河，虽然站在同一片天空下，但我们之间差的不只是一个白天，还有永远也赶不上的季节更替，在这个世界上，比相逢恨晚更难过的是触不可及。

很多人在 25 岁的时候就死了，只是他们自己还不知道，一味地沉溺于努力地生活、奋力地工作、结婚生子、人情往来，人生被这些东西**塞满**，把每一个出口都**牢牢堵死**，然后某一天举目四望，四周空得好像一座**坟墓**。

大家都是成年人了，有些话没必要说那么清楚，有些事也不需要做那么明白，"弦外之音""言下之意""蛛丝马迹"，这些都在提醒，他真的没那么喜欢你，只是你就是不愿意承认而已。爱和不爱，都是可以演出来的。

在你面前，我一直卑微得像个跪地的乞丐，只是想陪在你身边，三餐四季，蔬饭热汤足矣。而你却连弯腰都不肯，永远趾高气扬、永远锱铢必较。我当你是挚爱，你看我是负累，这段关系的定位，从一开始便不公平。

玫瑰和蒲公英没有什么高低贵贱之分，花期结束，

凋零与枯萎便是定局，就像许多人自以为是的爱情。

那个我超级无敌喜欢过、闪耀了我整个青春的人是什么时候走散的呢？大概是我说今晚月色真美，他说这个月的交通费又超支了；我用心煮了一碗鲜虾意面，他嫌厨房被我弄得到处是油；我手写了一封情书，他说发E-mail多省事。我们，始于爱情，终于现实。

生活要是能像天气一样可以预测就好了，知道明日会大雨倾盆，今晚不论我身在何处，一定会马不停蹄赶去为你送伞。

其实我并没有你认为的那么坚强和洒脱，无法把你留在身边，只能装作毫不在意的样子。你告诉过我时间到了，你该去寻找自己的人生了。明明说好了要一别两宽，可看着你远离的背影，我所有的欢欣和依靠都追随你而去，你以为我释怀了，其实只是我不强求了。

我理解的成熟是听到不认同的话不再争得面红耳赤，见到不原谅的人不再无法面对，遇到喜欢的东西不再执着于拥有，习惯这世界的忽冷忽热，习惯人群的渐行渐远，让已经过去的过去，让还未开始的开始。

不要将年轻拿来做失败的借口，那只会让你变得更

加怯懦。在**一败涂地**之后**挣扎反击**，这样的人生才有救。

后来我认真想了想，你早就和我说过再见了，并且说了好多次，是我捂着耳朵不肯听。当时的我幼稚地认为，只要我不道别，你就还有回头找我的可能。直到我看到你奔向别人，才发觉你和我早就不同路了，那么好吧，你尽力幸福，我好好告别。

其实我很凶，脾气很差劲，要求很多，还特别喜欢胡思乱想，但对于你，我装作很温柔，装作很懂事，装作十分善解人意，装作看不出你的敷衍和漠视，为了取悦你，我活得面目全非。

说好的每周末看一次电影，你说太麻烦了要加班；说好的每个纪念日要出去吃大餐，你说仪式感都是商家骗人的把戏而已；说好的毕业就结婚，你说先忙事业再等等。好吧，既然你不积极，我也不再主动，我是很爱你，可是我也想要好好爱自己。

难过不可怕，受伤也没什么，要允许生活会有不顺利，接受时光会被荒废，不要为了别人眼中完美的人设，丢掉了自己真正的快乐，接受不完美的人生，才是一个完美的你该做出的选择。

我的勇气是你抵御这个世界的盾牌，不论前方多么

兵荒马乱，我都会奋战到底，决不投降。

倾听每一滴雨水落下的声音，仰望每一颗星的璀璨。

你望星辰，星辰看你；行尽山河，山河同行。希望你梦中有光，光照现实，韶华飞扬，不负岁月。

不爱可以有一万种缘由，但相爱只有一个理由——"因为是你"。因为是你，风雪浪漫；因为是你，岁月可期。如若不是你，风寒雪冷；如若不是你，前路茫茫。

你以为会一直在身边的人离开了，你以为早就要走的人陪你到最后，你以为会变好的明天却大雨瓢泼。生活会把你以为的统统揉碎，生动而有力地甩一个巴掌打醒你，你以为的你以为，不会是你以为的。

不要被别人嘴里的所谓幸福标准给左右，那是他们的人生，不是你的，幸福的秘诀就是停止去想如何变得更幸福。

你知道什么是孤独吗？孤独不是一个人待着，不是无人问津，不是无聊至极，而是当你回家时路过街边孩童嬉戏打闹的繁华巷口时，推开家门看到家人为你备好的美味饭食时，和朋友一起坐在笑声不断的电影院里时，觉得这一切都与你无关，这才是孤独。

我这样斤斤计较，不能甘心，是因为我还在等一个回头，一个道歉，或者随便什么东西，不然我无法释怀。凭什么说好的海枯石烂，结果是我一个人**困在原地**，被誓言的碎片**伤得寸步难行**。

不是这个世界不够好，也不是你不够好，而是懂得你的好的那个人，还没有来到你身边。不要气馁，多一些耐心，你终会遇到那样一个人，与你一同领略人生起落，细品人间烟火，靠近你，治愈你。

当那些看起来坚不可摧的生活突然坍塌时，你才会

在滚滚尘埃中看清一个道理：世事无常，有时你越是拼命

努力，越是显得滑稽无能。

死亡可以终止绝症，时光能够抚平痛苦，世间万物的来和去，都有它的定数，失去不一定意味着结束，也可能是另一种方式的重生。

我以为自己是你的许愿池，原来只是一个垃圾桶。本来也不觉得有什么可委屈的，但你偏偏要来问我是不是过得不开心。本来也只是想随便说两句让你安慰一下，没想到一开口就没办法停下来，原来我**自欺欺人**到我自己都看不下去的地步了。

生活可不是那么简单的事情，大多数人只是在活着罢了。不过也不要费心竭力地去尝试补救，有的人不费力气就得到了许多，有的人拼了命流了血也只能握在手里一点点，付出和收获并不一定是成正比的，认清生活比反抗生活更重要。

不是每一件姗姗来迟的好事情都可以称为惊喜，错过了时效的惊喜，统称为遗憾。在时间这个无情的家伙面前，所有人不遗余力的追赶都只是自我感动而已。

"对不起"有用的话，就不会有那么多被困在爱而不得诅咒里的人了。我知道在不爱我这件事上，你也没办法改变，但是请再给我一点点时间，让我为这段过往做最后的祭奠。放心，不是为你，是为这段曾经占有你的那些时间。

做人当然要努力，不要总觉得自己日子难过，你熬不下去，别人也未必好过到哪里去。与其哭着抱怨，不如把眼泪锻造成铠甲，抵御岁月放出的冷箭。可以畏惧，但不要放弃，所有过往经历，都可安顿。

我不怕面目狰狞的鬼，但忌惮满面堆笑的人。因为鬼只躲在想象里对我张牙舞爪，从没伤害我分毫，可是有的人却让我栽了跟头后，还继续不依不饶。

打败我们的不是贫穷的现状、荆棘的前路，而是我准备和你一起披荆斩棘，你却担心我半路而退。爱情还没绽放，你就预设它会凋敝。

天气不是突然变得那么寒冷，我的眼里也不是突然没有了你。来日未必能方长，付出未必有回响。不好意思，我也想成为别人心心念念、努力寻觅的宝石，而不是你食之无味、弃之可惜的鱼眼珠。

年轻的时候渴望站得高，飞得远，觉得成为别人看得见的人最重要；但或许多年之后才会懂，别人眼中的你并不真实，而你真正的样子也已经随同被你抛弃的平凡生活一起**湮没在被遗忘的长河中**，这是令人感到心痛而讽刺的感悟。

风雨过后有天晴，阳光之下总有阴影，福祸向来不分家。毕业册上的那些"**一帆风顺**""**鹏程万里**""**万事如意**"毕竟只是美好的期愿。来这喧嚣的人世间一趟，应该做好与命运抗争的准备，人间值不值得，得由自己说了算。

人生又不是一场数学考试，每一道难题都能解出标准答案。不要为了寻求答案而去偷看别人的卷子，那样并不会为你的人生加分。

不要去讨厌错过和失败，它们虽然是你不希望发生的事情，却能修补人生轨道的裂隙，让你命运的列车不至于脱轨。

我只是晚一点回消息，你就把我删了好友；我允许你在我的世界里放肆撒野，可你却不能让我表达一点点的不满和生气。我拒绝了所有能给予我未来的人，换来的却是一个连当下都不肯施舍一点点真心给我的你。

生活是苦难的海、破败的屋顶、凌乱的花园、孱弱的老马，你要找到撑船的木桨、修房的工具、种花的锄头、养马的方法，才能手忙脚乱地从一个遭遇赶到另一个遭遇，慌慌张张、鸡飞狗跳但不影响对生活的热爱。

离开我之后，你再也不必假装快乐。以前觉得我可以给你幸福，后来发现我只是隔开你与幸福的一面玻璃。曾经一度觉得是我们相爱的时机不对，现在才意识到说到底还是我不值得。

童话故事讲了一千种幸福，你偏偏是第一千零一种，叫"现实"，所以我们之间没有故事，只有错过。偶尔会感到惋惜，但也不会执迷。做不了你的公主，我会自己骑白马去找属于我的王子。

人生和做菜有点像，又不太像。做菜要等所有材料都备齐了才能按照步骤一一下锅，烹调出美味的佳肴；人生没有那么麻烦，遇山过山，遇水蹚水，只要在路上前行，哪里都是风景。不过，做菜有煳锅的时候，做人也有摔跤的时候，偶尔沮丧但别绝望。承认菜难吃，做好下一锅就是了；承认路难走，走好下一程便罢了。

不要去讨厌等待，有些美好的结局总是会来得晚一些，有些值得的人还在翻山越岭赶来的路上。

你的人虽然来了，心却迟到了。望着你盛满故事的眼睛，我还来不及欢喜，就突然意识到了前所未有的寂寞：从你的眼中能够看到全世界，唯独看不到我自己。

别等着世界来讨好你，你得习惯在不顺心的日子里自己找糖吃。哪有什么从天而降的好运气？所有的美好与惊喜都能循着努力和勇气被找到。

那些难走的路、难扛的事都是我陪你一起挨过来的，凭什么那个人什么都没做，你就头也不回地向其走过去？凭什么那个人就只是站在那里，就让我输得一败涂地？这世上的深情和薄情都好没有道理可讲啊。

我不是懂事了，只是不想再爱你了。我很难过，但不遗憾，爱了你这么久，所有人都知道我们没有未来，唯独我盲目乐观。你只是轻轻地爱了我一下，我却天真地想要用这一点点的爱撑过自己这一生。选择离开是突然意识到这样的爱真的好没意思，在你身边的每一次微笑都裹着一层丧。

成长就是不断跌倒、不断坠落、不断崩溃、不断破碎、不断热泪盈眶、不断遇见新的自己、不断再次爱上这个世界。

别人喜不喜欢我有什么关系？我又不是为他们而活着的。就算活得畏首畏尾、缩头缩脑也不可能得到所有人的肯定，那还不如酣畅淋漓地活一遭，好歹到最后也算是求仁得仁，求己得己。

我们只有两只手，总要放下一些东西，才能拿起另外一些东西。我们只有一颗心，只有忘记某个人，才能接纳另一个人。无论我们肯不肯、愿不愿意，失去和告别的就是要比留下和得到的多得多。

不要把意外的发生当作坏事情，它只是没有来得及通知你。所以不必自寻烦恼地对未来担忧，保持不期待、不抗拒的状态，反而会让一切变得没那么糟糕。

爱情是一条单行道，那些试图掉头逆行的人都出了事故，所以奉劝你一句，不是一条路上的人，就不要硬往一处凑了，费心也更伤心。这个世界上绝大多数的事情都可以通过努力去做到，只有爱情例外。

那些听歌听到泪流满面的人，他们心里究竟藏了多少故事？不能为外人所道，也不能被自己遗忘，在每个失眠的深夜与往事握手不能言和，同床不能共枕，即便这些往事将他们的生活摧毁到满目疮痍也无法放手。

所谓的安定，就是对自由和梦想心安理得的背叛。

所谓的水到渠成，也可以理解为随波逐流。

我的成长，你功不可没。感谢你将我一万次的热情磨灭在你一万零一次的冷漠中。你终于让我醒悟，不是所有沦陷都能触底，不是每只扑火的飞蛾都能点燃爱情。我谢谢你，但不原谅你。

希望你每一个忙碌的白天都能迎来可以安心熟睡的夜晚，每一场爱恋都能等来翘首以盼的答案。让早睡和爱情帮你找到面对明天的勇气，在长长的夜里，搜集**每一滴星光的温柔**，填满**岁月的缝隙**。

在这场伤敌一千、自损八百的战争中，我没有输，你也没有赢。往后余生，我们各自鸣金收兵，躲在安全的城墙后。但又有什么用呢？我还是逃不出有你的梦，你依旧困在我的爱里。时间没有饶过我，也没有放过你。

所有的生活都有它存在的逻辑，我们不必指点别人，也不需要被他人理解。谁规定人生来就一定要合群？自己接纳自己才最伟大。

从前有个骑着单车的白衣少年梦想着和心仪的女生

私奔到海边，但偏偏一不留神跑错了方向，从此之后没

见到海，也没见到他的女孩。人和人之间，明明做好了

相拥的打算，却连再见都没来得及说出口就失散在海角。

笑一个吧，别那么紧张，我只是想像从前那样摸摸你的头，没想过要和你再怎样。可是你低着头向后退的动作还是让路灯刺痛了我的眼，还好你没有抬头，让我可以把眼底的难过藏一藏。

被搁浅的理想就像被冲上岸的鱼，在时间里被风干。你需要把它重新放回水里，而不是守在岸边后悔。

等十里春风、等万物复苏、等生命中所有的灿烂在一瞬间绽放。每个人都有属于自己的**"高光"时刻**，鲜衣怒马总在坎坷崎岖之后。保持热爱，美好自来。

抱歉，我不是故意要扫兴，而是真的快乐不起来。

真的，如果能做到，我也想在人生的舞池中风生水起地

跳恰恰。可是，我不知道风什么时候再起，水什么时候

充盈，碎掉的心什么时候能粘好。

春天了，风暖了，心上的冻疮被吹得痒痒的。我明白你不会来，可我还是想再等一等。毕竟属于我们的回忆还热气腾腾，我还不舍得用转身离开熄灭掉最后仅剩一点火星的灰烬。

恨你这件事，罪不在我，是我对于无法逃避爱你

的唯一解决办法，因为恨比爱更容易天长地久。

人这一生，目的地重要，也不重要，过程珍贵，但回头看看其实也还好了。怎么走好这一生不是关键，关键在于，你所迈下的每一步都是落脚无悔。不求能看到绝世美景，只求好好对待生活，至于生活是不是也会好好对你，随它好了。

我这个人就是这么实在，你送我一朵花，我还你一整个花圃；你送我一句情话，我就还你一腔情深；你送我一束光，我就为你去寻整个宇宙。后来你走了，**花圃荒了，心里空了，宇宙倾倒**，给了你的东西，我再落魄，也不会拿回来。

在那个暑假的昏沉的阴雨天里，年少的你偷偷摸摸在衣柜后的墙角藏了一个上锁的铁皮盒子，里面放了你温热的梦想、明媚的青春、珍贵的想念。还以为下一个暑假就能拿出来打开，却没料到时光流逝，铁皮生满了锈斑，也没等来你的钥匙。那些笨拙的秘密，在你遗忘的岁月里，结满了蛛网。

天底下有这么多好女孩，我也不知道自己为什么爱你，只知道听到别人提到你，明明和我毫不相干，还是会在心里绽开烟花，比过节还要欢喜，而别人的名字我连记住都觉得费力，这大概就是我无法爱上别人的原因。

希望是一颗种子，它能否长成参天大树的关键在于你是否坚持不懈地用恒心和毅力去浇灌。拥有希望的人，早晚会获得一片森林。

小孩子炫耀手上的玩具，会得到大人的关注和哄逗，说那是童真；成年人炫耀得到的东西，会得到旁人的讥讽和嘲笑，说那是虚荣。我们之所以觉得成长是件糟糕的事情，是因为即便我们变成了自己希望中的样子，也无法诚实地完全做自己。

你千万别误会了，我努力变好不是为了配得上你，而是想在风华正茂的年纪**慢慢踮起脚尖**，看看之前自己未曾见过的春风十里、草木丰茂、熠熠群星、花香满径。千帆过尽，这些全都比你美好。

我单身不是无人爱我，而是爱我的人太多。见惯了千篇一律的真心，看多了权衡利弊的试探，才会更加觉得那些坦荡笨拙的真诚格外难能可贵。现在的人真是一点点心意都不肯浪费，我还没来得及拿出温柔，对方就立刻及时止损了。

成年人的虚伪就是白天对所有人笑着说早就不记得

了，晚上却窝在沙发上在记忆里对某人某事循环播放。

那天清晨，被风吹散的不只是漫天的迷雾，还有我和你。原来这世上有些道别不会煞有介事，没有长亭古道，就是在一个平淡无奇的早上，像往常一样出门，却就此**分道扬镳、各自跋涉**。

我从前竟会那么傻，相信这芸芸众生中有一个人会只为我驻足，为我微笑，为我遮挡风雪。现在聪明了一点点，越来越明白永远别期待别人为你打包票，人生这场戏，深情的人最荒唐。

如果暴风雨来临的时候，你手里没有伞，又找不到避雨的地方，那就学会在风雨中起舞，而不是狼狈地四处去找有伞的人为自己遮挡。不然等到天晴日出，他们带伞离去，下一次的风雨中，你会更加无助。

我是有多傻才会相信此刻头顶的云还会再飘回来，

眼前桌上的酒还能再尝到，说改天再见的你还会再来到

我身边。我以为我和喜欢的事物总有一天会相遇，但没

想到没有谁能再次回到原点，包括我自己。

死亡只不过是人生列车的某一站而已，在月台上站满了送别的亲人，他们泪流满面地与上车的人挥手告别。其实大可不必，车上的人会抵达下一个站点，只是活着的人没有去过，便认为是悲伤的地方。

门就在你面前，钥匙就在你手心里，锁住你脚步的

不是屋内**安逸平庸的空气**，而是门外**货真价实的生活**。

这个城市这么大，每天马路上来来往往的人那么多，我们能够相遇并且在一起，除了是上天安排的命中注定，还有别的更好的解释吗？

今天的海风很舒爽，阳光很和煦，这样美好的天

气像是特地来补偿口袋里过于空瘪的钱包似的。

没必要为一个不要你的人伤心，更不需要为这个人的回头而感激。先丢掉你，再低头去捡起你的人这一辈子都不值得被原谅。相爱的意义在于彼此守护，这个人抛下你，任由你无所依赖的那些时刻，是一个无法填满的黑洞，会吸走你所有的信任和勇气。与其余生心惊胆战，不如清空旧账。

曲终未必人散，人走不一定茶凉。光阴是一座只有一个出口的迷宫，迷失的人还会再相逢，不必担心，**时间会给出期限**。

爱，这份礼物，不是你送了，我就必须得收下。你我皆凡人，都有自己翘首以盼却求而不得的礼物。我们兵分两路，在各自的战壕里孤军作战，绝不认输。

千万要提防命运，它不仅会对你开出罚单，还可能在你后知后觉时收取滞纳金。

这深渊我自己坠，这暗流我自己渡，你只需在崖边提灯，在岸上停驻就好，千万不要来陪我，我可以为自己背负所有的颠沛流离，但不能容忍你有一丝一毫的不尽如人意。

再微弱的光，也可以点亮黑暗中脚下的路；再细小的溪流，最终也会流入大海；再平凡的人也有他的灿烂。你无视过的每一个平平无奇的人，都在属于他们自己的人生舞台上光芒万丈。

这辈子最多的谎话，都是对我自己讲的，不然怎么

能有足够的坚强和力量去度过这漫长而孤独的一生呢？

经过人生的十字路口时，不要因为左边是绿灯就先往左走，毕竟你想走的道路是前行。做人哪，真的不用太赶时间，还是要选择你想走的路，而不是好走的路，谁也不知道在马路的那一边等待你的是什么。

18岁的那一场大醉，直到今天还没有醒来。真希望

一睁开眼睛，讲台上有写板书的老师，身边有打瞌睡的

同桌，那些消失在时光隧道里的青春，还没有生长。

好喜欢温暖的事物、温柔的人啊，因为从来没有得

到过那样温柔的心，没有拥有过那样温暖的感觉，所以

一直努力而笨拙地去贪图。

老实说，这世界没那么容易通关的，如果自己不好好提升技能，不管找到什么兵器都没用。除了你自己，没有人会为你的**现实"氪金"**，你只能自己买单，所以你要么积极努力，要么被挫折蹂躏，这就是生活。

你只是路过了我而已，我便一头扎进你要和我一起白头的沾沾自喜之中，直到你连再见也没有说就离开，我才恍然，原来一切不过是自己一厢情愿的独角戏，这场剧还没拍完，你就罢演了。

我不知道每一次的决定和选择是否正确，但我知道不管前面的路有多崎岖，只要走下去，都会比停在原地或者回头更能靠近你想要的生活。抵达幸福首先要做的就是，别忘记出发。

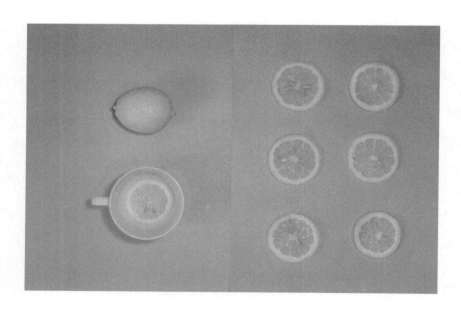

我也不是非你不可，只是我有那么一点点的好奇心，到底自己要等待多久，才能放下喜欢你的心意？想知道属于我们的那个答案，是不是如一开始你告诉我的一样，是早已经写好了结局。

明明看起来很简单的事情，自己却没那么容易做到，人类最大的错觉就是认为别人能做到的，自己也可以。

没人喜欢吃苦，但现实是就算吃了苦也不一定能得到你想要的东西。你不肯付出辛苦，尝再多励志鸡汤也没有用；你不够优秀，遇到锦鲤也抓不到。所以说，努力和奋斗不一定能让你过上别人羡慕的生活，但无所事事只会让生活对你的未来袖手旁观。

微不足道的我们总是活得那么郑重其事，过于追求仪式感的人生态度令我们变得不幸。其实获得快乐的秘诀很简单，那就是忘记快乐。

我不担心你离开，却害怕你忘记我，那样的话，我因你而起的所有的欢欣和忧愁都将无处可去，因为它们只能存活在有你的记忆里。所以，让你的遗忘来**得慢一点，再慢一点**，好让我有足够的时间为它们刻下墓志铭。

大多数人总是觉得人生有很多"来不及"，来不及认真长大，来不及好好爱一场，来不及为逝去的理想悼念，来不及为醒来的梦流下眼泪。其实这样也不错，毫无防备地失去，会让人们更珍惜手中所握。

人间走这一遭，兜兜转转的是岁月，生生不息的是希望。错过了春花，能听到夏雨；没看到秋实，还会有冬雪。无论遇到还是没遇到，得之幸，失之忘。不是所有人都能陪伴到底，不是所有事都能称心如愿，**但行好事，不负时光**。

年纪小的时候渴望浪迹天涯，认为生活永远在别处。现在年岁渐长，只想守住一个人，留住一盏灯，不求惊艳了岁月，只愿能安稳了余生。

大可不必把自己交给别人去点评，人只能来这世间一趟，要有自己的光，而不是站在他人的阴影之下自卑。无论璀璨还是暗淡，只要能点亮属于自己的宇宙，目之所及，皆是星辰浩瀚。

旅行是从一个车站抵达另一个车站，人生是从一个时刻前往另一个时刻。二者也许相似，但绝不相同，前者可以返回原点，后者只能开往远方。

梦见你时浓烈如酒，见到你时擦肩而过。日子来来往往，我始终没有学会如何说爱你，因为害怕被拒绝，所以干脆不开口，到最后我不知所措的爱意在你那里沦为了很多关系中最俗套的那种**"我们不熟"**。

我本是个有自己目标的人，想去的地方，不抵不休；想做的事情，必要做成。后来遇到了你，忘了前程，丢了归途，你嫌我给不了你美丽的花园，却从没想过我为你放弃了整个春天。

小孩子的快乐是一根棒棒糖就可以给的，所以是甜的。成年人的快乐多是经过辛苦奋斗得来的，所以是甘苦自知。

人类的悲喜当然不可能相同啊，有的人致力于改变世界，而有的人只想不被世界抛弃。站在山顶的人嘲讽山脚下的人不够努力，被偏爱的人不懂深夜买醉的人为什么在街角痛哭。这个世界最大的误解便是不经他人苦，却劝他人笑。

你是我的在劫难逃，我是你的逃过一劫。我为你的一句玩笑话整夜未眠，你睡到中午十二点问我怎么还不去做午饭。是我的错，你只是随便说了句"在一起吧"，我就当成了一生一世的诺言去认真对待。

别被生活给你的刁难和荆棘吓倒，**废墟上会长出玫瑰，乌云后藏着皎月**。没有谁是天生的胜利者，大家都不过是笑着把眼泪藏起，慢慢在跋涉中走出了属于自己的路。

人这一辈子有两种活法，一种是重复昨天，一种是期待明天。人这一辈子有两种悲剧，一种是求不得，一种是舍不得。人这一辈子有两种婚姻，一种是倦了，一种是蠢了。

我是个怯懦的人，从不去做没有把握的事情，爱上

你这件事除外。

谁能想到一声平常不过的"晚安"就让我们彼此的人生没有了交集。我以为我们还有很多个明天可以问候早安、午安，却没料到告别来得如此突然。总有一些时刻会向我们证明，许多人和事都会在一觉醒来后没有了来日，更不会方长。

我也想做一朵积极的向日葵，是你挡住了我生活里所有的阳光，还责怪我不够向上。离开你之后才发现，万丈的光芒就在头顶，抬手可触。幸好我幡然醒悟，没有在你给的黑暗里走到底。

你所经历的伤痛从来都不是生命中的勋章，你所咽下的委屈更不是成长的营养。痛苦就是痛苦，它们可以被记住，但不必被感谢。结了痂的伤痛虽然不会再疼，但终究是留下了一道不平整的疤痕。

每个人的花期都不相同，你看我枯萎凋零，便嫌弃转身，却不知道我曾怒放了一整个夏季，艳压群芳。是你来得太迟了，错过了我的好时光，不过没关系，你可以再次启程，我也可以重新芬芳。

不要和自己的女朋友讲道理，她们是用来被你爱

的，不是和你糟糕生活中的那些糟糕的情绪共情的。

你很好，也很适合我，可是我就是不喜欢你。我也知道在我这个年纪放弃你，恐怕再也遇不到更好的人了。可是能怎么办呢，人总是对自己握不住的东西恋恋不舍，对送上门的礼物不够珍视。

人有的时候真是矛盾又善变，他们嘴上对别人说着覆水难收，自己偏要去做破镜重圆的蠢事。劝解旁人的时候头头是道，如人生导师，但对于自己的事情却如处理一团乱麻，越解越乱。所有的道理，都是适用于他人，无法匹配自己。

远方辽阔，世界宽广，有的是值得我们赴汤蹈火的

事情，何必纠结于爱与不爱这些小事呢？

别人的热络我不当真，别人的冷眼我也不计较。我不去轻易相信承诺，也不会随便交付真心。也不算是活得冷清吧，只是想少背负一些东西和情绪。不求轰轰烈烈的深刻人生，只愿自己能过好力所能及的简单生活。

或许彻底绝望对人生来说也不是一件坏事，不破不立，让你能从过去的沼泽中抽身而出，不再踟蹰于抓不着、放不下的痴心妄念。

"分手还可以做朋友"这话是骗鬼呢，真正掏心掏肺爱过的两个人根本没办法在分开之后做朋友，哪怕只是想起对方一秒钟，好不容易重建的生活便会再次瓦解成碎片，沦为一片荒凉的废墟。

生活也是需要无用的东西来填充的，当你凡事都要纠结有没有用、有没有意义时，一切意义便都消失不见了。

不要对自己做出的选择患得患失，你每一秒钟的犹豫，都是对当下的辜负。你要信任命运，所得皆所想，所失皆无碍，一切安排都是恰到好处。

别去怠慢那些认真对你好的人，因为他大可不必这样劳心费力地花功夫在你身上。谁还没有个骄傲的自我呢？他只是悄悄把自己的梦想贩卖了，为的是能够换一个和你共聊柴米油盐的未来。

过来人都说不要陪一个男孩长大，他的幼稚会让你输得很惨。我偏要去赌，用整个青春和最纯粹的爱去捍卫我们的誓言。最终我赢了，我们都过上了自己想要的幸福生活，各自的、分别的幸福。

生活还是需要一些温暖可爱的东西，比如一块刚从烤箱里拿出来的松软面包，散发着甜甜的气味；比如干净餐桌上摆放的一个简洁玻璃花瓶，里面插了几枝正要绽放的玫瑰花；比如某一个夕阳正好的黄昏，一只莽撞的小狗趴到了你的脚边。

为了更温柔地爱你，我拔光了身上所有的刺，可你却转身拥抱了别人，留下我一个人满身伤痕，在寂寥的十字路口无人问津。

教学楼下的大树又高了一些，站在树下的我眼角皱纹也多了一些。**青春和勇气**都留在了**时光深处**，那个夏天和你一起消失在我的生命里。本想对过往说声"**久违**"，耳边吹来的风却告诉我**不必缅怀**。

这些年经历的遗憾千千万，各不相同，是过往的点缀，也是命运的底色。人这一生，失去是常态，得到是惊喜，**起起伏伏，所得所失**，最终都会尘埃落定。圆满难求，安康常在。

我也想找一个满眼满心都是我，我也满心满眼都是他的人，可是遇到的人，不是他伤了我，就是我伤了他。爱情不肯给我好脸色，我能怎么办？只能单枪匹马跟它拼到底呗，反正我是不会举白旗去找一个搭伙过日子的人凑合这辈子。

以前排长队等两个小时才能喝到的奶茶，现在许久都不买了；以前心心念念惦记的打卡餐厅，现在路过也不进去了；以前总是提起的你，现在许久没喊出过名字了。喜欢还是喜欢，只是觉得没有原来认为的那么不可或缺了。

年少轻狂终究是要付出代价的，不知天高地厚的无知青春，到头来会为日后签下一张又一张的不菲账单，能为此买单的只能是将来的自己。人生的这笔账，**可以赊，但不能赖，必须还**。

我过得挺好的，就是有些累了，没人能打动得了我，我也走不进别人的世界。通讯录里的好友不少，可是翻开后一个能聊天谈心的人也找不到，不知道可能会和谁走散，也不知道谁会在乎和我走散。

不需要为任何人流眼泪，爱你的人怎么舍得让你难过，不爱你的人更不值得你哭泣。永远别高估自己在别人心中的位置，但也永远不要低估自己在这个世界上的分量，你只有一个，举世无双。

想通了是一瞬间的事，比如漆黑的夜里，你突然醒来，看到枕头上清冷的月光，心里突然卸掉了什么东西；比如人来人往的十字街头，你戴着耳机站在斑马线前等绿灯，耳机突然松开，你听到了车水马龙的人间喧嚣灌入耳中，然后人生便突然轻松，无比自在。

不知道是不是因为这个冬季太冷，让心里藏的那些

难过挂满了冰霜，遇不到你的笑容，便无法融化。

你不是让我崩溃的最后一根稻草，只是我心里早已

经堆满了疲惫、心酸、失望、难过。它们在摇摇欲坠的

时候，你刚好问了我一句："你怎么好像不开心？"所有

的故作坚强便**顷刻灰飞，化为烟尘**。

当一个人不想和你解释时，未必是高冷，也许是他不害怕失去你。一个人总是缠着要和你联系时，别嫌他烦人，也许你是他的不敢错过。这世间的事总是这样，**你之蜜糖，他之白水**；他之深情，你之草芥。

年轻的时候，上错一趟车，爱错一个人，走偏一条路，都是没什么大不了的事。现在呢，在站台上反复确认，生怕上错了车次；交付真心前反复衡量，生怕爱错了人；走到岔路口反复观望，生怕走错了方向。年轻的时候敢放弃全世界，年纪大了怕被全世界放弃。

不论我长到多大，在父母眼中，我始终是他们身边的小孩子；不论父母头上生了多少根白发，在我心里，他们永远是为我遮挡风雨的大人。直到我们互相从彼此的世界路过，才察觉今生同行的道路，竟已经快走完了。

我们要原谅自己的不合时宜，包容自己的与众不同。这个世上总有不合群的小孩，在某个角落里安静长大，等待和寻找与同类的相逢。

这漫长的一生，谁没做过几件徒劳无功、白费力气的事儿呢？不必因为没有得到就拒绝慷慨，做人从来都不是做买卖，一定要赚得盆满钵满才算成功。你的人生该如何定义，只能由你说了算。

黑夜是黎明的逗号，春天是冬天的句号，而你是我

无法下笔的顿号。在每一个月亮经过的夜晚，把我对你

的**思念短暂停在月光里**。

和你在茫茫人海中相遇，最终也将你归还于人海之中。也不是没有难过，但凡事总有一个结局。我和你走散在彼此的世界中，就是故事的尾声。偶尔置身在汹涌人潮之中，会想到你陪在身边的过去，那么甜，那么远。

又降温了，你发信息说穿厚点，多喝热水，别感冒了。我回复道你也是，注意身体。把手机揣进兜里，手指碰到了刚买的感冒药，忍了又忍，还是哭了出来。都说异地恋熬过去就能迎来爱情的春天，可有几个人知道，没有拥抱的冬天，寒风吹散了多少的等待和热情，我们真的能成为例外吗？

如果实在笑不出来，就放肆地大哭一场，在你人生的主场上，一切由你自己说了算。生活不可能永远遂心如愿，天空也不会一直雨落不停。不论是面对人生，还是天气，既要满怀期待，也要顺其自然，你要**学会接受而不是纠结。**

当你挽着身边的人，满眼笑意地对我介绍这是你女朋友时，我嘴角扬起微笑，连声说着"恭喜！恭喜"，心底却是掀起了滔天的巨浪，将过去那么多年对你的眷恋和爱意统统打碎，原来有些人的退场真的如我一般隐秘又狼狈。

我也想谈甜甜的恋爱，想要真诚的亲吻，想被不管不顾地呵护，可幸福的结局似乎总是对我避而远之。我每一次的全情投入，换来的都是枯萎的花束、烂尾的等待，还被拿走了生活里所有的糖。

年纪大了才发现，哭的时候不一定在难过，笑的时候也未必是开心。成年人的世界，再多的苦楚"都是小事"，百般的滋味是"不值一提"，扛下的委屈到嘴边只是一句"算了吧"，故作轻松是每个成年人的必修课。

都说时间是治愈伤痛的良药，能教人如何放下深入骨子里的执念。可我对这个药似乎是免疫了，表面上虽然波澜不惊了，但那个用尽深情爱过的人依旧留在心里，无论我在逛街、唱歌、吃饭，还是睡觉，都如影随形，挥之不去。

有的人，你没那么喜欢，也不是很在乎，在这段关系中，你不愿主动，也懒得拒绝。怎么说呢？人家对你**投之以桃**，你就**报之以李**，除了爱情，其余你皆拱手相送。

比起获得成功与得到幸福，更重要的是你有感知自我的能力，这是修养，也是觉悟。命运无坦途，痛苦若是不能战胜，便学会与之互相接受，接纳自己与这个世界的格格不入，或许是通往成功与幸福的另一条捷径。

我虽然不赶时间，但我从来不喜欢等待。你要是不喜欢我，大可以直接拒绝，而不是每次在我约你的时候，都故作善意地说等下次吧，让我进退两难，明知道等不来你，又害怕等不到你。

到了我这个年纪，吃过一点生活的苦，尝过一点岁月的甜，只想自得其乐，不想再为谁打乱自己的节奏。牺牲自己的生活去取悦另一个人这种吃力不讨好的事情，早就戒了许多年了。

这个世上所有的亏欠和辜负都是因为明知道遇到了错的人，还奢望着一起地老天荒。你因为误了上一班列车，错过了想要去的地方，却因为车上正好有他，就选择将错就错下去。你以为你们可以打败时间，却没料到被时间打得溃不成军。

别管舞台下坐着多少观众，大幕拉开，你只管一心演好自己的人生就是了。做人就这一次，**没有彩排，没有返场**，何必纠结于这个世界给不给你鼓掌呢？自己演绎得尽兴就好了。

该吃饭的时候吃饭，该睡觉的时候睡觉，该学习的时候学习，该做什么的时候就去做什么，生活本来就是由**微小而琐碎的事情**组成的，你只管埋头去拼，有朝一日，你会发现眼前别有风景。

一无所知的前路上，有着无法预测的未来。不要因为眼下遇到了一点点的挫折，就要甩手不干。无论与明天的对抗是输是赢，生活都是先从面对真正的自己开始的。

如果有下辈子，我希望还能遇到你，那样我会先和你做朋友，而不是着急说爱你，给你空间，也给我进退。不像这辈子，当不了情侣，也成不了知己，提起彼此也只能含糊地说一句"那个谁"。

每个人的青春都是孤独的，因为没有哪一个老师会手把手教我们如何好好长大。约好不见不散的伙伴们一个个走散在铺满蒲公英的小径上。前面没有方向，身后空无一人，这场通往成人世界的冒险，天真又刺激。

成长就像坐过山车，你害怕刺激不敢上车，却又羡慕别人升空落地，风驰电掣；当你终于鼓足勇气想要坐一次，却被告知票已过期。你看，你不珍惜机会，机会也不会等你，多公平！

光阴被蹉跎着，笑看奔忙的我们。我们以为下一个阶段的人生会更闪亮，却没觉察最好的样子已经停留在了岁月中。**时光流水，春秋苦度**，拼命赶路的我们，赶走了时间，追丢了自己。

水烧到 100 摄氏度，你不来喝，也会放凉；菜烧好出锅，你不动筷子，也会变味。时间不对，再怎么努力也是付诸东流，是我自不量力了，妄想让你为我改变自己的人生方向。

你都没问过我经历了些什么，就放声嘲笑我的眼泪毫不值钱。你没体会过难过无处诉说，要被硬生生嚼碎咽下的感觉，有什么资格要求我活得阳光灿烂一些？

我要纪念日礼物，你就送我礼物；我要道歉，你就

向我道歉；我要什么，你就给我什么，你问我还有什么

不满意的。我要的是，我不需要开口，你就会把一切都

给我，而不是我一直踮着脚尖去够，你还嫌我没完没了。

人生中不如意之事十有八九。做人嘛，总会遇到不开心的事情，但正因为如此，当值得开心的时刻来临，我们才更要懂得珍惜，因为不知道下一时刻的开心会在何时降临。且行且珍惜，所遇皆所得。

你是我喜欢的人，但我不会为了把你留在身边就花光自己所有的精力和快乐，这不是值不值得的问题，而是我明白，好的爱人，不是通过一方的努力就能捆绑到一起的，而是在前行的路上，被各自的闪闪发光互相吸引到一起的。

你不用小心翼翼地讲分寸，不用怕说错话而逐字逐句地表达，你只要保持自己的天真、保持快乐、保持勇敢做自己的心就好。不用刻意去迎合这个世界，没有谁规定一定要做个合群的人，这不是你生而为人的义务。

生命是属于你自己，并且只属于你自己的东西，所以不妨大胆一些，再大胆一些向前迈进。想要什么就自己去争取什么，想走哪个方向就走哪个方向，哪怕前面是峭壁、深谷，只要你愿意，都可以不必解释给别人听。

我一定会遇到比你更加风趣、更加懂我的人，在车流如织的路口牵紧我的手，在寒冷起风的夜里搂紧我的肩。现在我要做的，就是在一次次天际泛白、**夜幕退去**的时刻**练习忘记你**。

其实我知道，你我之间本就没有爱情，你在寂寞的时候遇到了孤独的我，我们一起入戏，谁也不比谁天真。你不必担心我会纠缠不休，我只是没想到你这么快就想杀青，给我点时间整理情绪，我会调整成见到你前的样子。

每一个在风中转身的人，心都已经凌乱了许久，他们等来了雪，等来了月，却始终等不来你的答案，**岁月终是负了有心人。**

238

在有光的地方，有幸被照亮过，所以在黑暗中，才能保持炙热。被温柔以待的人才会对生活付以温柔，被人间吻过的人自然也会拥吻世间。因为得到过眷顾，所以才会不吝将自己的温柔施以全世界。

世上最无用的三样东西：被大雨淋透后，你送来的伞；感冒痊愈后，你送来的退烧药；彻底死心了，你说出了在一起的承诺。我是傻，但我不会一直傻。**我等过你，但我不会永远等你。**

就到这儿吧，我把自由还给你，你把尊严也还给我。谈不上谁欠谁的，就是人生路上的一段经历，无论心里过得去还是过不去，最终都会交还给时间。我成为我，你成为你，各自启航，各自成长。

忙碌一生，很多人还是没有找到生活的解药，也不是一定要求些什么，只是想在全力以赴对付难搞的人生时，**舌尖少一点苦**而已。

时间浪费就浪费了，机会错过就错过了，活着不就是这么稀里糊涂地过吗？日子又不是精算题，每一刻都能用计算器精确到小数点后好几位。这个世界上有太多不确定的事情了，下一分钟会怎样，老天爷也不知道，所以把自己照顾好，别的都随缘。

我以为不打扰你的爱原来已经打扰了你这么久，我还以为我不言不语地站在你身后只是苦了自己而已，没想到你也会因为自己的世界里有一个多余的我而感到尴尬。原谅我不礼貌地出现，我这就带着我的爱离场。

夏天属于蒲扇和西瓜，秋天属于麦田和丰收，冬天属于炉火和雪花，春天属于柳条和迎春花。你承诺过下一个季节来找我，可是**我轮回了四季**，你还是没有出现。没关系，大不了，**再数一遍岁月**。

最好的人间，大概就是一半烟火色，一半诗酒意。去过远方，活在当下；山有峰顶，海有彼岸；灵魂不受拘束，生活脚踏实地。在繁华中保持清醒，**在孤独中享受浪漫**。

从你的生命中走出来，我用了半条命，知道会疼，但没想到后劲儿这么大。不过也谈不上后悔，比起彻底结束，赖在你身边把自己耗在"假如你会爱上我"的幻想里才更痛苦。劫后余生，现在我要去好好地爱自己了。

那些总能在深夜秒回你信息的朋友值得被珍惜，不要将旁人的重视看作理所应当，要不是心里有你，谁会熬着最深的夜，听你诉说对别人的温柔。

十七岁的那个雨季，你不过是轻轻牵了一下我的手，我便以为你要带我去全世界流浪。从此以后每到天空下雨，我便来到曾与你避雨的屋檐下等你，你只是**路过了我一下**，我便要奉陪到底。

你和我说从前，我和你讲未来；你和我说赤道的天气晴朗，我说明晚的风会很冷。相爱不是目的，我们注定没有结果，就好像停在直行道和左拐道等绿灯的车子一样，只是短暂地并肩，绿灯一亮，便各入车流，沉默离开。